La escritura desatada
destos libros da lugar
a que el autor pueda mostrarse épico,
lírico, trágico, cómico, con todas
aquellas partes que encierran en sí las
dulcísimas y agradables ciencias
de la poesía y de la oratoria; que la épica
tan bien puede escribirse en prosa como
en verso.

MIGUEL DE CERVANTES
El Quijote I, 47

EL RELOJ
MECÁNICO

PHILIP PULLMAN

EL RELOJ MECÁNICO

Ediciones b

GRUPO ZETA

Barcelona • Bogotá • Buenos Aires • Caracas • Madrid • México. D. F.
Montevideo • Quito • Santiago de Chile

Título original: *Clockwork or all wound up*

Traducción: Carmen Netzel

1.ª edición: marzo, 1998
1.ª reimpresión: septiembre, 1998
2.ª reimpresión: junio, 2002

Publicado en 1996 por Doubleday
una división de Transworld Publishers Ltd.

© 1996, Philip Pullman
© 1996, Peter Bailey, sobre las ilustraciones
© Ediciones B, S.A., 1998
  en español para todo el mundo
  Bailén, 84 - 08009 Barcelona (España)
  www.edicionesb.com

Impreso en España - Printed in Spain
ISBN: 84-406-8065-1
Depósito legal: B. 29.668-2002

Impreso por LIBERDÚPLEX, S.L.
Constitució, 19 - 08014 Barcelona

Realización de cubierta: Estudio EDICIONES B

INTRODUCCIÓN

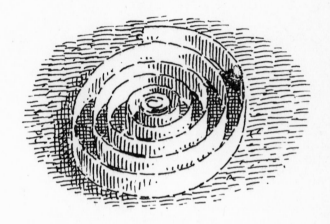

Antiguamente, en la época en que sucedió esta historia, el tiempo transcurría al compás del reloj, es decir, de un verdadero mecanismo de relojería con resortes y ruedas dentadas, engranajes y péndulos, y piezas por el estilo. Se podía desmontar, ver cómo funcionaba y luego montarlo de nuevo. Hoy en día, el tiempo corre mediante la electricidad, mediante cristales de cuarzo que vibran y Dios sabe qué más. Hasta puedes comprar un reloj que se mueve con energía solar, se pone a la hora varias veces al día sintonizando una señal de radio y nunca atrasa ni un solo segundo. Los relojes que funcionan de este modo parecen obra de brujería porque no hay manera de entenderlos.

Un auténtico reloj mecánico ya resulta bastante misterioso. Analicemos por ejemplo un resorte: el muelle principal de un despertador. Está hecho de acero templado y su borde es tan afilado que hasta corta. Si se maneja sin precaución, salta de repente, ataca como si fuera una serpiente, y te salta un ojo. Observemos ahora una pesa, como las de hierro que mueven los enormes relojes que hay en las torres de las iglesias. Si una pesa de éstas le cayera a alguien sobre la cabeza, la aplastaría y el cerebro quedaría desparramado por el suelo.

En cambio, con la ayuda de unos cuantos resortes, pernos y de una pequeña rueda de contrapeso, que oscila con un movimiento de vaivén, o de un péndulo, que se balancea de un lado a otro, la potencia del resorte y la fuerza de la pesa mueven de manera inofensiva el reloj y accionan las manecillas.

Cuando se da cuerda a un reloj, hay algo terrible en la forma implacable en que avanza a su ritmo. Las manecillas se mueven sin interrupción alrededor de la esfera como si tuvieran inteligencia propia. ¡Tic, tac, tic, tac! Poco a poco van progresando y nos señalan con firmeza el camino hacia la tumba.

Algunas historias son así. Cuando se les ha dado cuerda, nada las detiene; avanzan hasta alcanzar el final previsto. Aunque los personajes deseen con todas sus fuerzas modificar su destino, son incapaces de hacerlo. Este relato es una de esas historias. Y ahora que ya le hemos dado la cuerda completa, podemos empezar.

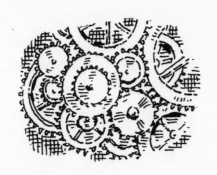

PRIMERA PARTE

Hace muchos años (cuando el tiempo transcurría al compás del reloj mecánico) ocurrió un extraño acontecimiento en un pueblecito alemán. En realidad, fueron una serie de sucesos que encajaron unos con otros como las piezas de un reloj. A pesar de que cada personaje observó una parte diferente, nadie vio el conjunto. Sin embargo, he aquí la historia que intentaré contar tan bien como sepa.

Todo comenzó en una noche de invierno, cuando los habitantes del pueblo se reunieron en la posada del Caballo Blanco. El viento arrastraba la nieve desde las montañas y agitaba las campanas de la torre de la iglesia. Los cristales de las ventanas estaban empañados por el vaho, la estufa resplandecía alegremente y Putzi, el viejo gato negro, dormitaba junto al hogar. En el aire flotaba el rico olor de las salchichas y de la col fermentada, y también aromas de tabaco y de cerveza.

Gretl, la joven camarera, hija del propietario, corría de un lado para otro llevando jarras rebosantes de espuma y platos humeantes.

La puerta se abrió y entró un remolino de gruesos copos de nieve que se fundieron en el acto al entrar en contacto con el calor de la sala. Los recién llegados, Herr Ringelmann, relojero, y su aprendiz Karl agitaron sus botas con fuerza y sacudieron la nieve de sus gabanes.

—¡Es Herr Ringelmann! —anunció el burgomaestre—. ¡Caramba, viejo amigo! Acérquese y beba una cerveza conmigo. Y una jarra también para este joven, su aprendiz, como sea que se llame.

Karl el aprendiz inclinó la cabeza agradecido y se sentó solo en un rincón. Su expresión era sombría y triste.

—¿Qué le pasa a ése? —preguntó el burgomaestre—. Parece como si llevara encima un nubarrón.

—¡Oh! Nada grave —respondió el viejo relojero, mientras tomaba asiento junto a sus amigos—. Está inquieto por lo de mañana. Verá usted, su aprendizaje ha terminado.

—¡Ah, claro! —dijo el burgomaestre. Según la costumbre, cuando un aprendiz de relojero finalizaba su etapa de servicio, debía realizar una nueva figura para el gran reloj de Glockenheim. Y añadió—: ¡De manera que tendremos una nueva pieza de relojería en la torre! Estoy impaciente por verla mañana.

—Recuerdo cuando terminé mi aprendizaje —comentó Herr Ringelmann—. No podía dormir pensando en lo que sucedería cuando mi figura apareciera en el reloj. ¿Y si no había contado bien los dientes? ¿Y si el muelle estaba demasiado tenso? Y si... ¡ay! Un millar de pensamientos pasan por tu mente. Es una responsabilidad muy grande.

—Es posible, pero nunca había visto al chico tan taciturno como esta noche —in-

No había en toda Alemania una pieza de maquinaria tan extraordinaria como el gran reloj de Glockenheim. Para ver todas las figuras, había que contemplarlo durante un año entero, porque el mecanismo era tan complejo que necesitaba doce meses para realizar el movimiento completo. Estaban todos los santos; cada uno aparecía en su día señalado. También estaba la Muerte con la guadaña y el reloj de arena. En total, más de cien figuras. Herr Ringelmann era el responsable de todo. No existía otro reloj igual, te lo aseguro.

tervino un cliente—. Y eso que no puede considerarse una persona alegre, ni siquiera en sus mejores momentos.

A los demás clientes les pareció que Herr Ringelmann también estaba un poco desanimado, pero el relojero levantó su jarra para brindar con todos ellos y cambió de tema.

—He oído decir que Fritz, el joven novelista, nos leerá su nueva historia esta noche.

—Eso creo —dijo el burgomaestre—. Espero que no resulte tan terrorífica como la última que nos leyó. ¿Sabe? ¡Aquella noche me desperté tres veces con los pelos de punta sólo de pensar en ella!

—No sé si produce más miedo escucharlas aquí en la sala o leerlas luego a solas —opinó otro.

—¡Créame! Es peor a solas —dijo alguien—. Se siente un cosquilleo fantasmal que sube por la espalda y, a pesar de que sospechas lo que sucederá a continuación, no puedes evitar el sobresalto cuando llega el momento.

Acto seguido, se pusieron a discutir sobre si daba más miedo escuchar una historia de fantasmas cuando no sabías lo que iba a suceder (porque te pillaba por sorpresa) o cuando esperabas el final (porque entonces experimentabas el suspense de la incertidumbre). A todos les gustaban las historias de fantasmas, sobre todo las de Fritz, pues las contaba con mucho talento.

El personaje del que hablaban, Fritz el escritor, era un hombre joven de aspecto alegre que estaba cenando en el otro extremo de la sala. Bromeaba con el propietario y reía con sus vecinos de mesa. Cuando terminó de comer, pidió otra jarra de cerveza, recogió el desordenado montón de papeles manuscritos, cruzó la sala y se dispuso a charlar con Karl.

EL TEMPERAMENTO ARTÍSTICO! ¡MENUDA TONTERÍA! NO EXISTE TAL COSA. SÓLO LOS AFICIONADOS TIENEN TEMPERAMENTO. LOS VERDADEROS ARTISTAS REALIZAN EL TRABAJO SIN HACER ASPAVIENTOS. SI OYES COMENTARIOS SOBRE EL TEMPERAMENTO ARTÍSTICO, PUEDES ESTAR SEGURO DE QUE LA PERSONA EN CUESTIÓN NO SABE DE QUÉ ESTÁ HABLANDO.

—¡Hola, chico! —le saludó alegremente—. ¿Estás listo para mañana? ¡Tengo ya unas ganas de verlo! ¿Qué nos vas a mostrar?

Karl frunció el ceño y le dio la espalda.

—El temperamento artístico —intervino el propietario con cierta prudencia—. Acábate la cerveza y tómate otra, la casa invita para celebrar el acontecimiento de mañana.

—Póngale veneno y entonces la beberé —murmuró Karl.

—¿Qué? —dijo Fritz, sin dar crédito a sus oídos. Ambos estaban sentados en un extremo de la barra y Fritz se colocó dando la espalda al resto de clientes para hablar con Karl en privado. Y añadió en voz baja—: ¿Qué te sucede, muchacho? Has estado trabajando en tu obra maestra durante meses. ¿Cómo es posible que estés preocupado por ello? ¡No puede fallar!

Karl lo miró con una expresión de amargura absoluta.

—No he fabricado ninguna figura —balbució—. No he sido capaz de hacerla. He fracasado, Fritz. El reloj sonará mañana y todos mirarán para contemplar mi obra y no aparecerá nada, nada... —Gimió quedamente y volvió la cara—. ¡No puedo enfrentarme a ellos! —prosiguió—. ¡Debería tirarme de la torre ahora mismo y así acabaría con todo esto!

—¡Oh, vamos, no digas eso! —contestó Fritz, quien jamás había visto a su amigo tan desesperado—. Habla con Herr Ringelmann, pídele consejo, confiésale que has tropezado con una dificultad. Es un buen tipo, ¡seguro que te ayuda!

—No lo entiendes —repuso Karl con pasión—. ¡Para ti es todo tan fácil! Te sientas a tu escritorio, tomas papel y pluma y sencillamente brotan las historias. No sabes lo que significa sudar y esforzarse durante horas y más horas sin que surja ninguna idea, o luchar con materiales que se rompen y herramientas que se desafilan, o tirarte de los pelos mientras intentas encontrar una nueva variación sobre el viejo tema de siempre. ¡Te lo aseguro Fritz, es un milagro que no me haya volado los sesos antes! Créeme, no tardaré mucho en hacerlo. Mañana por la mañana podréis reíros todos de mí. Karl, el fracasado. Karl, el caso perdido. Karl, el primer aprendiz que ha fallado en cientos de años desde que existe el oficio de relojero. No me importa. Estaré en el fondo del río, bajo el hielo.

Fritz había tenido que callarse en el momento en que Karl mencionó la dificultad del trabajo. Idear una historia es tan difícil como montar un reloj y se puede estropear con la misma facilidad, tal y como veremos en las páginas siguientes. Aun así, Fritz era una persona optimista mientras que Karl era pesimista, y eso cambia completamente las cosas.

Putzi, el gato, despertó de su siestecita y se acercó para frotar el lomo contra las piernas de Karl, quien lo apartó con malos modos.

—¡Cálmate! —exclamó Fritz.

Pero Karl se limitó a fruncir el ceño. Apuró su cerveza y, limpiándose los labios con el dorso de la mano, golpeó el mostrador con la jarra para pedir que le sirvieran otra cerveza. Gretl, la joven camarera, miró preocupada a Fritz. Sólo era una niña y dudaba de si debía servir más bebida a alguien que se hallase en el estado de Karl.

—Dale un poco más —dijo Fritz—. No está borracho, el pobre chico es desgraciado. No te preocupes, yo lo vigilaré.

Gretl le sirvió más cerveza a Karl. El aprendiz de relojero puso mala cara y se volvió. Fritz estaba preocupado, pero no podía permanecer con él por más tiempo puesto que los clientes reclamaban su presencia.

—¡Vamos, Fritz! ¿Dónde está esa historia?

—¡Gánate la cena! ¡Date prisa! ¡Estamos todos esperando!

—¿De qué va esta vez, eh? ¿Esqueletos o fantasmas?

—¡Confío en que sea un buen asesinato con abundante sangre!

—No, según he oído, en esta ocasión nos tiene preparado algo muy diferente. Una historia bastante novedosa.

—Tengo la impresión de que va a resultar más horrible de lo que podamos imaginar —añadió Johann, el viejo leñador.

Todos pidieron más cerveza para poder beber mientras escuchaban el relato. Llenaron las pipas y se instalaron cómodamente. Fritz recogió su manuscrito y tomó asiento junto a la estufa.

A decir verdad, Fritz se sentía más incómodo que en las anteriores veladas en las que había contado historias; en parte debido a lo que Karl acababa de explicarle y también por el tema de su cuento, en especial por cómo empezaba. Pero, al fin y al cabo, no trataba de Karl. En realidad el argumento hablaba de algo muy distinto.

(Fritz tenía otro motivo para estar nervioso. De hecho, no había terminado el cuento. Había escrito el comienzo sin problemas y era muy interesante, sin embargo no había sido capaz de imaginar un final. Simplemente pensaba darle cuerda a la historia, tensar los resortes e inventarse el final sobre la marcha. Ya os lo he comentado antes. Fritz era un optimista.)

—Estamos preparados y esperamos que empieces —dijo el burgomaestre—. Estoy impaciente por escuchar esta historia, aunque consiga ponerme los pelos de punta de verdad. ¿Cómo se titula?

—Se llama... su título es *El reloj mecánico* —anunció Fritz, mientras le dirigía una mirada nerviosa a Karl.

—¡Ah, muy apropiado! —dijo Herr Ringelmann—. ¿Has oído, Karl? ¡Una historia en tu honor, chico!

Karl frunció el ceño y bajó la mirada hacia el suelo.

—No, no —se apresuró a añadir Fritz—. Esta historia no habla de Karl ni del reloj de nuestra ciudad. No, en absoluto. Es completamente diferente. Se titula *El reloj mecánico* por pura casualidad.

—Bien, comienza de una vez —urgió alguien—. Estamos todos preparados.

Fritz carraspeó, ordenó sus papeles y empezó a leer.

LA HISTORIA DE FRITZ

«Me pregunto si alguno de vosotros recuerda el extraordinario suceso que ocurrió hace algunos años en el palacio. Intentaron ocultarlo pero se filtraron algunos detalles. Fue un misterio muy extraño. Según se rumorea, el príncipe Otto había llevado de caza a su hijo pequeño Florian, en compañía del barón Stelgratz, un antiguo amigo de la familia real. Era en pleno invierno, igual que ahora. Salieron en un trineo en dirección a la cabaña de caza, en las montañas. Iban bien abrigados para protegerse del frío y no tenían pensado regresar antes de una semana por lo menos.

»Pues bien, sucedió que sólo dos noches después, el centinela de guardia en el palacio observó un alboroto a lo lejos, en el camino, y oyó un gran estrépito de caballos que relinchaban de pánico. Aunque no estaba seguro, parecía como si un trineo conducido por un loco se acercase al palacio.

»El centinela dio la señal de alarma y ordenó encender las luces. Cuando el trineo se fue aproximando, descubrieron que se trataba del trineo real, el mismo en el cual había partido el príncipe tan sólo dos noches antes. Avanzaba como un rayo tras de aquellos caballos aterrorizados y no parecía llevar intención de detenerse. El sargento de la guardia ordenó abrir rápidamente las verjas del palacio antes de que el vehículo se estrellara contra ellas.

»Las abrieron justo a tiempo. El trineo cruzó la entrada a gran velocidad y dio vueltas y más vueltas al patio, puesto que los caballos estaban desbocados y no podían detenerse. Las pobres bestias estaban cubiertas de espuma y los ojos les rodaban en las órbitas. A estas horas, el trineo aún seguiría dando vueltas al patio, de no haber sido porque uno de los patines se encalló en la base de un montículo y lo hizo volcar por completo.

»El conductor cayó al suelo y también cayó un bulto de la parte posterior del trineo. Un criado se precipitó a recogerlo y descubrió al pequeño príncipe Florian, envuelto en una manta de pieles. Estaba vivo, caliente y medio dormido.

»Pero el conductor...

»Pues bien, en cuanto se acercaron los centinelas, descubrieron su identidad. No era otro que el príncipe Otto, muerto y rígido, frío como el hielo. Tenía los ojos completamente abiertos y la mirada fija en la lejanía. Su mano izquierda aferraba las riendas con tanta fuerza que tuvieron que cortarlas. Además, y eso era lo más extraño de todo, su mano derecha seguía moviéndose, azotando el látigo de arriba abajo sin parar.

»Lo cubrieron para impedir que la princesa lo viera y llevaron al pequeño príncipe

Florian ante su presencia, para mostrarle que estaba sano y salvo, pues era su único hijo. Pero ¿qué había que hacer con el príncipe Otto? Trasladaron su cuerpo a palacio y mandaron llamar al médico real, un respetable anciano que había estudiado en Heidelberg, París y Bolonia, y publicado un tratado sobre la ubicación del alma. Había estudiado geología, hidrología y fisiología, pero nunca antes había visto nada parecido. ¡Un cadáver que no permanecía quieto! ¡Imagínense! Un cuerpo helado, tendido sobre un bloque de mármol, cuyo brazo derecho subía y bajaba sin parar, sin que diera señales de ir a detenerse jamás.

»El médico cerró la puerta con llave para impedir que entraran los criados y, después de acercar la lámpara, se inclinó para obser-

EN AQUELLA ÉPOCA SE DISCUTÍA MUCHO ACERCA DE LA UBICACIÓN DEL ALMA. ALGUNOS FILÓSOFOS OPINABAN QUE SE ENCONTRABA EN EL CEREBRO, OTROS LA SITUABAN EN EL CORAZÓN Y OTROS EN LA GLÁNDULA PINEAL, SEA LO QUE SEA ESO. A VECES INCLUSO PESABAN A LAS PERSONAS CUANDO ESTABAN VIVAS Y DESPUÉS DE MUERTAS, PARA COMPROBAR SI PESABAN MENOS CUANDO EL ALMA HUBIERA ABANDONADO EL CUERPO. NO SÉ SI ESO ERA CIERTO O NO.

var el cadáver. De pronto algo le llamó la atención entre el desorden de la ropa. Evitando el brazo derecho que continuaba azotando, desabrochó con cuidado la capa, el abrigo de pieles, la chaqueta y la camisa y dejó el torso del príncipe al desnudo.

»Ahí estaba: una cuchillada que atravesaba el pecho, justo por encima del corazón, cosida toscamente con una docena de puntos. El médico tomó unas tijeras para cortarlos y por poco se desmaya de la sorpresa, porque cuando abrió la herida no encontró el corazón. En su lugar había un pequeño mecanismo de relojería: solamente unos cuantos dientes y muelles y una rueda de contrapeso, que, sujetos con delicadeza a las venas del príncipe, tictaqueaban alegremente al mismo compás que el movimiento de su brazo.

»Pues bien, ya pueden figurarse que el médico se santiguó y hasta se tomó un sorbo de aguardiente para calmar los nervios. ¿Quién no hubiera hecho lo mismo? A continuación cortó las ligaduras y extrajo el reloj mecánico y, mientras lo hacía, el brazo cayó inerte, así sin más.»

Al llegar a este punto de la historia, Fritz se detuvo para tomar un sorbo de cerveza y observar cómo reaccionaba su público. La posada se hallaba sumida en un profundo silencio. Todos los clientes, sin excepción, permanecían sentados e inmóviles; casi parecían muertos, de no ser por los ojos abiertos y la expresión de tensa expectación que reflejaban sus rostros. ¡Nunca había tenido semejante éxito!

Volvió la página y prosiguió la lectura:

LA HISTORIA DE FRITZ
(Continuación)

«El médico cosió la herida del príncipe Otto y anunció que el príncipe había muerto de apoplejía. Los criados que habían transportado el cuerpo al interior del palacio no opinaban lo mismo; sabían reconocer a un hombre muerto, incluso si su brazo se movía. En cualquier caso, la versión oficial fue que el príncipe Otto había sufrido una contusión en el cerebro y que el amor hacia su hijo lo había mantenido con vida el tiempo suficiente para conducirlo sano y salvo a casa. Lo enterraron con una gran ceremonia y se decretó un período de duelo de seis meses.

»En cuanto a lo que le había sucedido al barón Stelgratz, el otro miembro del grupo de caza, nadie pudo adivinarlo. Todo aquel asunto permanecía envuelto en un velo de misterio.

»No obstante el médico real tuvo una idea. Existía un hombre que tal vez podía explicar lo ocurrido. Se trataba del gran doctor Kalmenius de Schatzberg, de quien pocos habían oído hablar; sin embargo, quienes lo conocían afirmaban que era el hombre más inteligente de Europa. Como relojero no tenía igual, ni siquiera nuestro buen Herr Ringelmann. Era capaz de fabricar complicadas piezas de aparatos de cálculo para determinar la posición de las estrellas y los planetas, y sabía contestar a cualquier pregunta de matemáticas.

»El doctor Kalmenius habría hecho fortuna de haberlo deseado, pero no le interesaban las riquezas ni la fama. Le apasionaban cuestiones mucho más profundas que todo eso. Pasaba largas horas sentado en los cementerios contemplando los misterios de la vida y la muerte. Unos decían que experimentaba con cadáveres. Otros aseguraban que había establecido un pacto con los poderes de la oscuridad. Nadie lo sabía a ciencia cierta. Lo único que sabían era que solía merodear por la noche, arrastrando tras de sí un pequeño trineo que contenía el asunto secreto sobre el que trabajaba en aquel momento.

»¿Qué aspecto tenía este filósofo de la noche? Era muy alto y delgado, con la nariz y la mandíbula prominentes. Sus ojos brillaban como ascuas en la oscuridad. Tenía el pelo largo y gris, y vestía una capa negra con una amplia capucha, como las que llevan los monjes. Su voz era áspera y la expresión de su rostro era de fiera curiosidad.

»Y ése era el hombre que...»

Fritz se detuvo.

Tragó saliva y dirigió su mirada hacia la puerta. Todos miraron en esa dirección. Nunca había estado la sala tan silenciosa. Nadie se movió, ni tampoco se atrevió a respirar, puesto que el picaporte giraba.

Había algo misterioso en los relojes del Doctor Kalmenius. Fabricaba diminutas figuras que cantaban y hablaban, que jugaban al ajedrez, que disparaban flechitas con minúsculos arcos, y que tocaban el clavicordio tan bien como Mozart. En la actualidad se pueden contemplar algunas de sus figuras mecánicas; están expuestas en el museo de Schatzberg, aunque ya no funcionan. Es extraño, puesto que todas las piezas están en su sitio, en perfecto orden y DEBERÍAN funcionar; pero no es así. Parece como si se hubieran... muerto.

La puerta se abrió lentamente.

En el umbral apareció un hombre que vestía una larga capa negra con una amplia capucha, como la de un monje. El pelo gris le caía a ambos lados de la cara: un rostro alargado, delgado, con la nariz y la mandíbula prominentes, y unos ojos que parecían ascuas brillando en la oscuridad.

¡Oh, qué silencio se produjo cuando entró en la sala! Todos los que se encontraban allí estaban pasmados, con la boca abierta y sus ojos como platos. Cuando se percataron de que el forastero arrastraba tras de sí un pequeño trineo con un bulto envuelto en lona, más de uno se santiguó y se puso en pie de miedo.

El extranjero se inclinó a modo de saludo.

—Doctor Kalmenius de Schatzberg, para servirles —anunció con voz áspera—. He recorrido un largo trecho esta noche y tengo frío. ¡Una copa de aguardiente!

El posadero se apresuró a servirle. El recién llegado se bebió la copa de un solo trago y extendió la mano para que le sirvieran otra.

Nadie se había movido.

—¡Qué callados! —dijo el doctor Kalmenius, mirando con sorna a su alrededor—. ¡Ni que me hallara entre los muertos!

El burgomaestre tragó con dificultad y se puso en pie.

—Perdone, doctor... er... Kalmenius, pero el hecho es que...

Y miró a Fritz, quien, horrorizado, miraba fijamente al doctor Kalmenius. El joven estaba tan pálido como el papel que sostenía en las manos.

Los ojos casi se le salían de las órbitas, tenía los pelos de punta y un horrible sudor le cubría la frente.

—¿Y qué más, mi buen señor? —prosiguió el doctor Kalmenius.

—Yo... yo —balbució Fritz, esforzándose en tragar saliva.

—El hecho, doctor, es que nuestro joven amigo es escritor de cuentos y nos estaba leyendo una de sus historias cuando usted ha llegado —intervino el burgomaestre.

—¡Ah! ¡Qué delicia! —repuso el doctor Kalmenius—. Me encantaría escuchar el resto de su historia, querido amigo. Por favor, no se sienta cohibido por mi presencia, continúe como si yo no estuviera aquí.

Un pequeño grito salió de la garganta de Fritz. De un manotazo, arrugó todas las hojas de papel en una bola y las lanzó a la estufa donde ardieron en el acto.

—¡Se lo suplico! —exclamó—, eviten todo contacto con este hombre.

Y como quien acaba de ver al Diablo, salió corriendo de la posada a toda prisa.

El doctor Kalmenius estalló en una carcajada salvaje y burlona y, al oírlo, unos cuantos buenos ciudadanos siguieron el ejemplo de Fritz.

Abandonaron sus pipas y sus jarras de cerveza, agarraron sus abrigos y se marcharon, sin atreverse siquiera a mirar a los ojos del forastero.

Herr Ringelmann y el burgomaestre fueron de los últimos en salir. El viejo relojero pensó que lo correcto era decirle algo a un colega, pero su lengua había enmudecido. El burgomaestre dudaba de darle la bienvenida al eminente doctor Kalmenius o indicarle que siguiera su camino, pero no se atrevió. De manera que los dos ancianos

tomaron sus bastones y salieron precipita-
damente de la posada.

La pequeña Gretl, asida con todas sus
fuerzas a su padre, el mesonero, observaba todo cuanto ocurría con los ojos muy
abiertos.

—¡Vaya! —comentó el doctor Kalmenius—. Se acuestan ustedes temprano en
esta ciudad. Tomaré otra copa de aguardiente.

El posadero le sirvió con mano temblo-
rosa, mientras le indicaba a Gretl que salie-
ra de la sala, pues aquélla no era compañía
apropiada para una jovencita.

El doctor Kalmenius apuró la copa de
un solo trago y aún pidió otra.

—Tal vez este señor quiera acompañar-
me —dijo, volviéndose hacia el extremo de
la barra.

Allí estaba Karl, sentado en silencio. En
medio de todo el barullo que habían hecho
los clientes al marcharse, no se había movido de su sitio.

Volvió su ceñudo rostro, encendido por
el alcohol y taciturno por el odio que sentía
hacia sí mismo, y observó ferozmente al fo-

rastero; aunque no resistió su mirada burlona y bajó los ojos hacia el suelo.

—Traiga una copa para mi compañero y luego déjenos solos —le indicó el doctor Kalmenius al mesonero.

El posadero colocó la botella y otra copa sobre la barra y salió volando. Apenas cinco minutos antes, la sala estaba llena a rebosar; ahora, en cambio, el doctor Kalmenius y Karl estaban completamente solos. El silencio era tan profundo, que Karl podía oír el murmullo de las llamas en la estufa y el tic-tac del viejo reloj en el rincón, mejor incluso que los latidos de su propio corazón.

El doctor Kalmenius sirvió un poco de aguardiente y deslizó la copa sobre la barra. Karl no dijo palabra. Sostuvo la penetrante mirada del extranjero durante casi un minuto y, dando un puñetazo sobre el mostrador exclamó:

—¡Maldita sea! ¿Qué desea?

—¿De usted, señor? No quiero nada de usted.

—¡Usted ha venido aquí para mofarse de mí!

—¿Para burlarme de usted? ¡Vamos! Tenemos mejores payasos en Schatzberg. ¿Cree usted que yo recorrería esa larga distancia para reírme de un joven cuyo rostro no expresa más que desgracia? ¡Venga, beba! ¡Alegre esa mirada! ¡Mañana es su día de triunfo!

Karl soltó un gruñido y se volvió, pero la voz burlona del doctor Kalmenius continuó:

—Sí, el descubrimiento de una nueva figura para el famoso reloj de Glockenheim es un acontecimiento importante. Sepa usted que, antes de llegar aquí, he intentado encontrar alojamiento en cinco posadas diferentes y no hay una sola cama libre. Visitantes de todas partes de Alemania, damas y caballeros, artesanos, relojeros y expertos en todo tipo de mecánica. ¡Todos han venido para contemplar su nueva figura, su obra maestra! ¿No le parece que es motivo de alegría? ¡Beba, amigo, beba!

Karl agarró la copa y tragó la ardiente bebida.

—No habrá una nueva figura —murmuró.

—¿Cómo dice?

—He dicho que no habrá una nueva figura. No la he fabricado. No podía. He desperdiciado todo el tiempo y, cuando ya era demasiado tarde, me he dado cuenta de que no era capaz de hacerla. Eso es lo que hay. Ahora puede usted reírse de mí. ¡Adelante!

—¡Ay! ¡Dios mío! —exclamó con solemnidad el doctor Kalmenius—. ¿Reírme? Ni soñarlo. He venido para ayudarle.

—¿Qué? ¿Usted? ¿Cómo?

El doctor Kalmenius sonrió. Parecía como si una llama hubiera prendido de repente en un tronco cubierto de cenizas y Karl retrocedió.

El viejo se acercó.

—Verá usted —continuó—, creo que ha olvidado las implicaciones filosóficas de nuestro oficio. Usted sabe ajustar un reloj y reparar un reloj de iglesia, pero ¿ha pensado usted alguna vez que nuestras vidas también son relojes mecánicos?

—No le entiendo —repuso Karl.

—Podemos controlar el futuro, joven, de la misma manera que le damos cuerda al mecanismo de un reloj. Dígase: «Ganaré esa carrera, llegaré el primero», y de ese modo le da cuerda al futuro como si fuera un reloj mecánico. ¡Al mundo no le queda más remedio que obedecer! ¿Acaso las manecillas de este viejo reloj que hay en el rincón pueden decidir pararse? ¿Cree que el muelle de su reloj de pulsera puede decidir remontar la cuerda y correr hacia atrás? ¡No! No tienen elección. Y el futuro tampoco la tiene, una vez que se le ha dado cuerda.

—Imposible —contestó Karl, sintiendo que la cabeza se le iba por momentos.

—¡Oh, pero es muy sencillo! ¿Qué le gustaría? ¿Fortuna? ¿Una bella esposa? ¡Déle cuerda al futuro, amigo! ¡Pronuncie su deseo y será suyo! Fama, poder, riquezas ¿qué es lo que desea?

—¡Sabe bien lo que deseo! —exclamó Karl—. ¡Quiero una figura pa-

NOS ESTAMOS ACERCANDO AL MEOLLO DE LA CUESTIÓN. ÉSTA ES LA FILOSOFÍA DEL DOCTOR KALMENIUS. ESTO ES LO QUE DESEA QUE KARL CREA. BUENO, ES POSIBLE QUE HAYA ALGO DE VERDAD EN ELLO. MUCHAS PERSONAS CREEN QUE BASTA DESEAR ALGO PARA QUE SE CONVIERTA EN REALIDAD. ¿NO ES ESTO LO QUE TODOS PIENSAN CUANDO COMPRAN UN BILLETE DE LOTERÍA? Y, SIN DUDA ALGUNA, RESULTA AGRADABLE DE IMAGINAR. PERO ESTA TEORÍA TIENE UN FALLO...

ra el reloj! Algo que mostrar como resultado de todo el tiempo que debiera haber dedicado a fabricarla. ¡Cualquier cosa con tal de evitar la vergüenza que sentiré mañana!

—Bien, nada más fácil —asintió el doctor Kalmenius—. Ha hablado usted y he aquí lo que desea.

Señaló el pequeño trineo que había arrastrado al interior de la sala. Un charco de nieve fundida rodeaba los patines y la cubierta de lona estaba mojada.

—¿Qué es esto? —preguntó Karl, quien de repente sintió un gran temor.

—¡Destápelo! ¡Retire la lona!

Karl se puso en pie titubeante, desató

... Y ES EL SIGUIENTE: NO SE GANAN CARRERAS CON EL DESEO, SE GANAN CORRIENDO MÁS DEPRISA QUE LOS DEMÁS. Y PARA ELLO HAY QUE ENTRENARSE A FONDO Y ESFORZARSE AL MÁXIMO, E INCLUSO A VECES ESO NO BASTA, PORQUE OTRO CORREDOR PUEDE TENER MÁS TALENTO QUE TÚ. ÉSTA ES LA VERDAD: SI QUIERES ALGO ESTÁ EN TU MANO CONSEGUIRLO, AUNQUE SÓLO SI ACEPTAS TODO EL CONJUNTO, INCLUIDO EL TRABAJO DURO Y LA DESESPERACIÓN, SIEMPRE QUE ESTÉS DISPUESTO A AFRONTAR EL FRACASO. ÉSTE ES EL PROBLEMA DE KARL: TENÍA MIEDO DE FALLAR, DE MANERA QUE NUNCA LO INTENTÓ DE VERDAD.

despacio la cuerda que sujetaba la cubierta y levantó la lona.

En el trineo había la más perfecta pieza de escultura de metal que jamás había visto. Era la figura de un caballero con armadura, de rutilante metal plateado, que sostenía una afilada espada. Karl sofocó un grito al percatarse del detalle y se acercó para observarla desde todos los ángulos. Cada pieza del blindaje estaba clavada de forma que se movía con suavidad sobre la siguiente; y en cuanto a la espada...

La rozó y en el acto retiró la mano al comprobar que sus dedos sangraban.

—Es como una cuchilla —afirmó.

—El caballero Alma de Hierro exije siempre lo mejor —sentenció el doctor Kalmenius.

—¡El caballero Alma de Hierro... menuda obra! ¡Oh, si estuviera en la torre junto a las demás figuras, mi reputación sería definitiva! —prosiguió Karl con amargura—. ¿Y cómo se mueve? ¿Qué es lo que hace? Me figuro que funciona mediante un dispositivo de cuerda, ¿no es así? O, ¿acaso hay una especie de duende en su interior?

¿Un espíritu o alguna clase de demonio?

Con un suave zumbido y el tictac de una maquinaria delicada, la figura empezó a moverse. El caballero levantó su espada y volvió la cabeza cubierta por el casco para mirar a Karl; acto seguido, bajó del trineo y se dirigió hacia él.

—¡No! ¿Qué está haciendo? —le gritó Karl, retrocediendo alarmado.

El caballero Alma de Hierro continuó avanzando. Karl se apartó a un lado, pero la figura también giró. Incapaz de esquivarla, se encontró acorralado en el rincón mientras la diminuta espada del caballero se le acercaba más y más.

—¿Qué está haciendo? La espada está afilada. ¡Doctor, deténgalo! ¡Haga que se detenga!

El doctor Kalmenius silbó algunos compases de una simple e inolvidable canción y el caballero Alma de Hierro se detuvo. La punta de la espada casi rozaba la garganta de Karl.

El aprendiz sorteó la figura y se derrumbó sobre una silla, debilitado por el miedo.

—¿Qué... quién... cómo se puso en marcha? ¡Esto es extraordinario! ¿Lo accionó usted?

—¡Oh! Yo no lo he puesto en funcionamiento —respondió el doctor Kalmenius—. Ha sido usted.

—¿He sido yo? ¿Cómo?

—Fue por algo que dijo usted. Su mecanismo es tan delicado y está tan bien equilibrado, que una sola palabra, una solamente, es capaz de ponerlo en movimiento. ¡Y es un muchachito tan listo! En cuanto oye esa palabra, no se detiene hasta que su espada alcanza la garganta que la ha pronunciado.

—¿Qué palabra? —quiso saber Karl lleno de temor—. ¿Qué es lo que he dicho? Reloj mecánico... duende... mover... trabajo... espíritu... demonio...

El caballero Alma de Hierro empezó a moverse de nuevo. Giró sobre sí mismo de forma implacable, halló a Karl e inició su avance hacia él. El aprendiz se levantó de un brinco y se refugió acobardado en el rincón.

—¡Ésa era la palabra! —gritó—. ¡Doctor, por favor, deténgalo otra vez!

El doctor Kalmenius silbó y la figura se detuvo.

—¿Qué es esta canción? —le preguntó Karl—. ¿Por qué se detiene cuando la oye?

—Es una melodía llamada *Las flores de Laponia* —contestó el doctor Kalmenius—. Le gusta, bendito sea. Permanece quieto para escucharla y eso inclina la rueda de contrapeso hacia el otro lado y, entonces, se detiene. ¡Qué maravilla! ¡Una obra de arte!

—Me da miedo.

—¡Oh, no hay para tanto! ¿Miedo de un hombrecito de hojalata a quien le gusta una bella melodía?

—Resulta misterioso. No parece una máquina. No me gusta.

—Vaya, es una lástima. ¿Qué hará usted mañana sin él? Lo observaré con mucho interés.

—¡No, no! —exclamó Karl angustiado—. No he querido decir... ¡Ay, no sé lo que me pasa!

—¿Lo quiere usted?

—¡Sí, no! —exclamó Karl golpeando un puño contra el otro—. No lo sé. ¡Sí!

—Entonces es suyo —anunció el doctor Kalmenius—. ¡Le ha dado cuerda al futuro, hijo mío! ¡Ya ha empezado a tictaquear!

Antes de que Karl pudiera cambiar de opinión, el relojero se envolvió en su larga carpa, se echó la capucha sobre la cabeza y desapareció con su trineo.

Karl corrió hacia la puerta tras él, pero la nieve era tan espesa que no distinguió nada. El doctor Kalmenius se había esfumado.

Karl regresó a la sala y se sentó. Se sentía débil. La pequeña figura estaba completamente inmóvil, con la espada en alto; su rostro de metal, inexpresivo, miraba con obstinación al joven aprendiz.

—No era humano —murmuró Karl—. Ningún hombre ha podido fabricar esto. ¡Era un espíritu maligno! Era el dem...

Tapándose la boca con ambas manos miró aterrorizado al caballero Alma de Hierro, que permanecía quieto.

—¡Por poco lo digo! —suspiró Karl para sí mismo—. ¡No debo olvidarlo nunca y... la canción! ¿Cómo hace? Si soy capaz de recordarla, estaré a salvo...

Intentó silbarla pero tenía la boca demasiado seca; intentó tararearla pero le temblaba la voz. Extendió las manos y las contempló. Se agitaban como hojas secas.

—Quizá si me tomo otra copa... —aventuró.

Se sirvió un poco más de aguardiente, derramando casi todo el líquido antes de llenar a medias la copa. Lo tragó con rapidez.

—Eso está mejor... Bueno, después de todo, sí que podría colocarlo en el reloj. Y si lo sujetase a la estructura con unos tornillos, no sería peligroso. No podría escapar aunque alguien pronunciase la palabra...

Miró a su alrededor atemorizado. La sala estaba sumida en un completo silencio. Alzó la cortina y miró a través de la ventana; la plaza de la ciudad estaba a oscuras. Todos parecían estar durmiendo y los dos únicos seres despiertos eran el aprendiz de relojero y la pequeña figura plateada con la espada.

—¡Sí, lo haré! —exclamó.

Cubrió al caballero Alma de Hierro con la lona, se puso el abrigo y el gorro y salió corriendo para abrir la torre y preparar el reloj.

Ahora bien, sucedió que sí había otra persona despierta; era Gretl, la hija del posadero. La historia de Fritz le impedía conciliar el sueño. No conseguía apartar una idea de su cabeza. No era el reloj mecánico en el pecho del príncipe muerto; tampoco eran los caballos espumeando de terror o el cochero muerto detrás de ellos; era el joven príncipe Florian.

Pensaba: ¡Pobre niño, viajar de regreso a casa de aquella manera tan horrible! Trataba de imaginar los terrores que debió de sentir, solo en el trineo con su padre muerto, y se estremecía bajo las mantas, deseando poder consolarlo.

Como no podía dormir, decidió que sería una buena idea bajar y sentarse un rato junto a la estufa de la sala, pues su cama estaba fría. Se envolvió en una manta y bajó las escaleras de puntillas, en el preciso instante en que el gran reloj de la torre tocaba las campanadas de medianoche. Por su-

COMO VES, GRETL ERA BONDADOSA, ERA LIMPIA DE
CORAZÓN. TENÍA UN CORAZÓN DE ORO. EL RELATO SE LE
HABÍA CLAVADO EN EL CORAZÓN... ¿CONOCES ESTAS
EXPRESIONES? AL IGUAL QUE GRETL, ALGUNAS PERSONAS
NO PUEDEN ESCUCHAR LOS PROBLEMAS DE LOS DEMÁS SIN
SUFRIR CASI TANTO COMO ELLOS. EL MUNDO ES A VECES UN
LUGAR CRUEL Y LAS PERSONAS BONDADOSAS SE ENCARGAN
DE HACER EL BIEN. Y, CON FRECUENCIA, SUS ESFUERZOS SE
VEN RECOMPENSADOS CON LA BURLA Y EL DESPRECIO.

puesto no había nadie en la sala; la luz de la lámpara era muy tenue, de manera que no vio la pequeña figura cubierta por la lona que había en el rincón. Se sentó y acercó las manos al calor de la estufa

—¡Qué historia tan extraña iba a ser la de esta noche! —musitó para sí—. No estoy segura de que las personas deban narrar esta clase de cuentos. No me importan los fantasmas y los esqueletos, pero creo que esta vez Fritz se ha pasado de la raya. ¡Todos pegaron un brinco cuando apareció el viejo! Era como si Fritz hubiera conjurado su presencia de la nada. Como el doctor Fausto, conjurando el demonio...

OH, NO! ¡GRETL, TEN CUIDADO! ¡CALLA! ¡NO LO DIGAS!... ¡AY! DEMASIADO TARDE...

Y la cubierta de lona cayó con suavidad al suelo. La pequeña figura de metal volvió la cabeza, levantó la espada y empezó a avanzar hacia ella.

SEGUNDA PARTE

Cuando el príncipe Otto se casó con la princesa Mariposa, la ciudad entera se alegró: hubo fuegos artificiales en los jardines públicos, las orquestas tocaron toda la noche en los salones de baile y las banderas y los estandartes ondearon en todos los tejados.

—¡Por fin tendremos un heredero! —dijo la gente aliviada, porque temían que la dinastía se acabase.

Pero pasaron los meses y luego los años, y el príncipe Otto y la princesa Mariposa no tenían descendencia. Consultaron a los mejores médicos, pero ni aun así tuvieron hijos. Viajaron en peregrinaje a Roma para que los bendijera el Papa, pero tampoco

LA PRINCESA SE LLAMABA MARIPOSA. ERA MUY HERMOSA, AUNQUE CLARO, ¿QUÉ PRINCESA NO LO ES? SER HERMOSA ES SU OFICIO. LA PRINCESA MARIPOSA PASABA LA MAYOR PARTE DEL TIEMPO DE COMPRAS. LOS MODISTOS LE OFRECÍAN LOS VESTIDOS A MITAD DE PRECIO PORQUE LOS LUCÍA EN LAS FIESTAS DE MODA Y, DE ESTE MODO, LOS HACÍA FAMOSOS. AUNQUE RESULTE EXTRAÑO, SI QUIERES COMPRAR BARATO, SER RICO ES UNA VENTAJA. LOS POBRES SIEMPRE TIENEN QUE PAGAR EL PRECIO ÍNTEGRO, SIN DESCUENTOS.

dio resultado. Finalmente un día, la princesa Mariposa, estando junto a la ventana de palacio, oyó el repique de campanas del reloj de la catedral.

—Desearía tener un niño tan robusto como una campana y tan fiel como un reloj —murmuró para sí. Recién pronunciadas estas palabras, sintió que el corazón se le llenaba de alegría.

Y ese mismo año tuvo un niño. Aunque por desgracia para ella y para todos, el parto resultó difícil y doloroso; apenas nacido, el bebé murió en brazos de la enfermera. La princesa Mariposa no tuvo conocimiento de la terrible noticia porque se había desvanecido y nadie sabía en realidad si viviría o moriría. En cuanto al príncipe Otto, casi enloqueció de furor. Se acercó a la enfermera y le arrebató la criatura muerta de los brazos.

—¡Tendré un heredero sea como sea! —exclamó.

Corrió a los establos y ordenó a los mozos que ensillaran su caballo más veloz. Asiendo al niño muerto contra su pecho, partió al galope.

¿Adónde se dirigía? Cabalgó hacia el norte sin detenerse, hasta que llegó al taller del doctor Kalmenius, situado cerca de las minas de plata de Schatzberg. Aquél era el lugar donde el gran relojero creaba sus maravillas: desde los mecanismos celestes que señalaban la posición de los planetas para los veinticinco mil años siguientes, hasta las pequeñas figuras que danzaban, que montaban caballitos, que lanzaban flechas de miniatura y que tocaban el clavicordio.

—¿Y bien? —preguntó el doctor Kalmenius.

El príncipe Otto, sin desprenderse de la capa de montar aún cubierta de nieve, extendió los brazos y le mostró el cuerpo de su hijo.

—¡Fabríqueme otra criatura! —le exigió—. Mi hijo está muerto y su madre se debate entre la vida y la muerte. ¡Doctor Kalmenius, le ordeno que me construya un niño mecánico que no se muera!

Ni siquiera el príncipe Otto en su locura creía que un juguete mecánico pudiera parecerse a una criatura viva; sin embargo, la plata que extraían en Schatzberg era diferente de los demás metales. Era maleable, suave y lustrosa, y brillaba como el ala de una mariposa. Para el gran relojero, el encargo era un reto al que su alma de artista no podía resistirse. De manera que, mientras el príncipe Otto enterraba al bebé muerto, el doctor Kalmenius puso manos a la obra para fabricar uno nuevo. Fundió el mineral y refinó la plata, batiéndola hasta lograr una delicada textura; hiló oro en filamentos más finos que la tela de una araña y los sujetó uno a uno en la cabecita. Moldeó, limó y templó el metal; soldó, remachó y atornilló. Lo puso a punto, ajustó y reguló hasta que el muelle principal se tensó y el pequeño escape acoplado sobre los cojinetes de rubíes, tictaqueó con perfecta precisión.

Cuando la criatura mecánica estuvo a punto, el doctor Kalmenius se la mostró al príncipe Otto, quien la examinó detenidamente. El bebé respiraba, se movía y sonreía; incluso estaba caliente debido a algún truco secreto. Era una copia exacta del niño que había muerto. El príncipe Otto lo envolvió en su capa y emprendió el regreso al palacio para depositarlo en los brazos de la princesa Mariposa. Ella abrió los ojos y experimentó tal alegría, al ver sano y salvo a quien tomaba por su propio hijo, que su estado mejoró inmediatamente y pronto se recuperó. Además, estaba hermosísima con un niño en los brazos; siempre lo había sabido.

Lo llamaron Florian. Pasaron uno, dos y tres años y la criatura creció querida por todos; era un niño feliz, robusto e inteligente. El príncipe Otto lo llevaba a montar en un pequeño poni y le enseñó a disparar con arco. Aprendió a bailar y a tocar melodías en el clavicordio. A medida que transcurría el tiempo, crecía fuerte, alegre y vivaz.

Pero cuando cumplió cinco años, el pequeño príncipe empezó a dar muestras de una enfermedad inquietante. Las articulaciones se le quedaron rígidas y le dolían, experimentaba siempre una sensación de frío y su rostro, que normalmente era tan vivaz y expresivo, se volvió tan hierático como una máscara. La princesa Mariposa estaba muy preocupada porque el niño ya no lucía tan hermoso a su lado.

—¿No puede hacer usted algo para curarlo? —le preguntó al médico real.

El doctor dio unos ligeros golpecitos en el pecho del niño, le observó la lengua y le tomó el pulso. Los síntomas no correspondían a ninguna enfermedad que conociera. De no saber que el príncipe era un chiquillo, hubiera afirmado que se estaba encasquillando como un reloj oxidado, aunque, por supuesto, no podía decírselo a la princesa Mariposa.

—No hay motivo para preocuparse —dictaminó—. Se trata de una oxidosis inflamatoria. Déle dos cucharadas de aceite de hígado de bacalao tres veces al día y hágale unas friegas en el pecho con aceite de lavanda.

La única persona que sospechó la verdad fue el padre, de manera

ÉSTA ES LA TÍPICA RESPUESTA DE UN MÉDICO. SE INVENTA UNA PALABRA QUE SUENE CIENTÍFICA (OXIDOSIS SÓLO SIGNIFICA ENFERMEDAD CORROSIVA) Y RECETA ALGÚN MEDICAMENTO QUE AL MENOS NO RESULTE PERJUDICIAL. ÉSTA ES UNA DE LAS PRIMERAS ENSEÑANZAS QUE RECIBEN EN LA FACULTAD DE MEDICINA, O AL MENOS ASÍ FUNCIONABA ANTES. PERO EL MÉDICO REAL TENÍA MUCHO TACTO CON LOS ENFERMOS Y, AUNQUE NO SABÍA SIEMPRE CÓMO CURAR A SUS PACIENTES, LOS ALIVIABA Y HALAGABA A LAS MIL MARAVILLAS.

que el príncipe Otto emprendió nueva-
mente el viaje hacia las minas de Schatzberg para acudir al taller del doctor Kalmenius.

—¿Y bien? —preguntó el relojero.

—El príncipe Florian está enfermo —con-
testo el príncipe Otto—. ¿Qué podemos
hacer?

Le describió los síntomas y el doctor
Kalmenius se encogió de hombros.

—Es normal que un mecanismo de cuerda acabe parándose —fue su respuesta—.
Era previsible que el muelle principal se
debilitara y que el escape se atascara a causa
del polvo. Le diré lo que sucederá a continuación: la piel se endurecerá y se le agrie-
tará y acabará por rajarse de arriba abajo,
revelando que en su interior no hay nada
más que metal inerte y agarrotado. Nunca
más funcionará.

—¿Y cómo es que no me explicó que eso
ocurriría?

—Tenía usted tanta prisa que no me lo
preguntó.

—¿No podría darle cuerda simplemente?

—Eso es imposible.

—¿Y qué podemos hacer? —quiso saber el príncipe Otto, loco de rabia y desesperación—. ¿Acaso no hay nada que pueda salvar su vida? ¡Debo tener un heredero! ¡La supervivencia de la familia real depende de ello!

—Sólo hay un remedio —repuso el doctor Kalmenius—. El fallo se debe a que no posee un corazón. Encuéntrele un corazón y vivirá. Sin embargo, ignoro dónde hallará usted un corazón en buenas condiciones cuyo propietario acceda a desprenderse de él. Además...

Pero el príncipe Otto ya se había marchado. No se detuvo a escuchar lo que el doctor Kalmenius iba a decirle. Eso sucede con frecuencia con los príncipes: exigen respuestas instantáneas y desestiman las soluciones difíciles, aquellas que requieren tiempo y esmero. Esto es lo que el gran relojero iba a añadir: «El corazón que se consiga también debe conservarse en buen estado.» Aunque con toda probabilidad, el príncipe Otto tampoco lo hubiera entendido.

Cabalgó de regreso al palacio mientras

le daba vueltas al problema en su cabeza. ¡Menudo dilema! ¡Para salvar a su hijo tenía que sacrificar a otro ser humano! ¿Qué podía hacer? ¿A quién le pediría semejante sacrificio?

En ese instante se acordó del barón Stelgratz.

¡Naturalmente! No existía otro candidato mejor. El barón Stelgratz era un viejo consejero de total confianza, un amigo incondicional, leal, valiente y fiel. El pequeño príncipe lo quería; ambos solían jugar a batallas durante horas con los soldaditos del príncipe Florian. El viejo noble le enseñaba además a manejar la espada y a disparar armas, y le explicaba todo lo que sabía acerca de los animales del bosque.

Cuanto más lo meditaba el príncipe Otto, más se le antojaba que era la mejor solución posible. El barón Stelgratz saltaría de alegría ante la oportunidad de ofrecer su corazón a la familia. No obstante, era preferible no revelárselo todavía; esperaría hasta que estuvieran en el taller del doctor Kalmenius; entonces comprendería claramente la necesidad.

Cuando el príncipe Otto llegó al palacio, descubrió que el pequeño príncipe había empeorado. Apenas podía caminar y se caía al suelo tieso. Su voz, hasta entonces risueña y llena de vida, se estaba convirtiendo por momentos en una caja de música; hablaba muy poco y en cambio entonaba, una y otra vez, las mismas melodías. Era evidente que no duraría ya mucho tiempo.

El príncipe Otto fue en busca de la princesa y la convenció de que unos días de caza y de ejercicio sano en el bosque le sentarían muy bien al chiquillo. Además, anunció que el barón Stelgratz iba a acompañarlos; a Florian no le sucedería nada malo en compañía del barón.

Así pues, el príncipe Otto abrigó bien al niño, lo colocó en el trineo junto al barón Stelgratz, y emprendieron el camino.

Caía la noche y, mientras atravesaban el bosque, el trineo fue atacado por los lobos.

Enloquecidas por el hambre, las enormes fieras grises surgieron de detrás de los árboles y se lanzaron sobre los caballos. El príncipe Otto sacudía el látigo con furia y el trineo avanzaba, mientras los lobos los perseguían a gran velocidad. El príncipe Florian permanecía sentado junto al barón y, agarrando con fuerza el borde del trineo, observaba atemorizado la manada de lobos que se les acercaba cada vez más. El barón Stelgratz descargó su rifle sobre la manada de bestias babeantes que brincaba cerca, sin lograr disuadirlas de su empeño; el trineo daba sacudidas y se bamboleaba en el camino lleno de baches. Podían estrellarse en cualquier momento y entonces todos ellos morirían.

—¡Alteza! —gritó el barón—. ¡Sólo podemos hacer una cosa y lo hago de todo corazón!

Y el bondadoso anciano se tiró del trineo. Para salvar a sus amigos, sacrificó su vida.

En el acto los lobos salvajes se lanzaron sobre él y lo despedazaron. El trineo prosiguió su camino por el bosque silencioso, dejando atrás las bestias que gruñían y aullaban.

¿Qué iba a hacer el príncipe Otto?

Continuar el camino, ésa era la única

Lo único que se puede hacer cuando los lobos persiguen a alguien es echarles de comer algo sabroso y confiar en escapar mientras devoran la golosina. El barón Stelgratz lo sabe. Está tirando su última bala. También lo sabe.

respuesta; ¡seguir adelante! Y confiar en que encontraría un cazador o un leñador solitario, y que más adelante podría compensar a su familia. Pero no había un solo ser humano a la vista. Detrás del príncipe Otto estaba el niño, envuelto en pieles y acurrucado en el asiento del trineo. Su rigidez iba en aumento, se enfriaba y, minuto a minuto, se transformaba de nuevo en una máquina. De vez en cuando, el movimiento del trineo le arrancaba una pequeña melodía aunque ya no hablaba.

Finalmente llegaron a las minas de Schatzberg y a la casa del relojero.

Sólo existía una solución. El príncipe Otto comprendió que debía sacrificar su vida y estaba dispuesto a ello. La dinastía era más importante que todo lo demás: más importante que la felicidad, que el amor, que la verdad, que la paz, que el honor; mucho más importante que su propia vida. El príncipe Otto, aun siendo frío, fanático y orgulloso, estaba dispuesto a entregar su corazón por el bien de la futura gloria de la casa real.

—¿Está usted seguro de que eso es lo

que desea? —le preguntó el doctor Kalmenius.

—¡No discuta! ¡Extraiga mi corazón y colóquelo en el pecho de mi hijo! ¡No importa que yo muera si la dinastía continúa!

El problema ahora no era el corazón, sino el regreso: ¿cómo iba a volver el niño solo? De manera que, a cambio de un pago adicional, el doctor Kalmenius accedió a animar el cadáver del príncipe Otto con una finalidad concreta: darle el tiempo suficiente para conducir el trineo de vuelta hasta el palacio.

La operación se llevó a cabo. Con delicados instrumentos, separó el corazón del pecho del príncipe Otto y lo traspasó al cuerpo débil y desfallecido del niño de plata. La palidez metálica del príncipe Florian cobró vida en el acto y su rostro adquirió un saludable rubor; abrió los ojos y un vigor bullicioso se extendió por sus extremidades. Estaba vivo.

Mientras tanto, el doctor Kalmenius preparó una simple pieza de relojería mecánica para colocarla en el pecho del príncipe Otto. Era muy tosca; cuando le diese cuerda, movería su cuerpo para regresar al palacio. Eso era todo lo que realizaría. No obstante, lo haría durante mucho, mucho tiempo. Si el cuerpo del príncipe Otto hubiera sido llevado al otro extremo del mundo, inmediatamente hubiera emprendido el camino de regreso a casa, aunque el cadáver se pudriese y la carne se desprendiera de los huesos. No se hubiera detenido nunca hasta transcurridos muchos años y su esqueleto, con el reloj mecánico tictaqueando en sus costillas, hubiera conducido el trineo hasta alcanzar el interior del patio.

El doctor Kalmenius trasladó el cuerpo dormido del príncipe Florian al trineo, lo abrigó bien para protegerlo del frío y colocó el látigo en la mano de su padre muerto, quien acto seguido empezó a fustigar y azotar sin cesar. Los caballos, espumajeando de terror, iniciaron su enloquecido galope hacia palacio.

El regreso al hogar resultó un tanto extraño. Seguramente habrás escuchado el relato acerca de qué forma cruzó el trineo la verja del palacio y de cómo el médico real descubrió el corazón mecánico. Los criados murmuraban acerca del hombre muerto cuyo brazo no se detenía; los rumores y las conjeturas se propagaban por el palacio y la ciudad como lanzaderas en un telar, tejiendo una historia de cadáveres y fantasmas, de maldiciones y demonios, de vida y muerte, de mecanismos de cuerda. Aunque en realidad nadie sabía la verdad.

Pasó el tiempo. Buscaron al barón, guardaron luto por la muerte del príncipe Otto, la princesa Mariposa lloró de manera muy seductora vestida de negro por las circunstancias y el príncipe Florian fue creciendo. Transcurrieron cinco años y todos admiraban la hermosura del pequeño príncipe, su carácter alegre y bondadoso, y ¡se felicitaban por tener un muchacho así como heredero de la familia!

Pero, durante el invierno de sus diez años, los temibles síntomas reaparecieron. El príncipe Florian se quejaba de dolor en las articulaciones, de rigidez en los brazos y piernas, y constantemente tenía sensación de frío; su voz perdió la expresión humana y adquirió el retintín de una caja de música.

Como en la ocasión anterior, el médico real estaba desconcertado.

—Ha heredado esta enfermedad de su padre —anunció—. No hay duda de ello.

—¿Y de qué enfermedad se trata? —preguntó la princesa Mariposa.

—Una debilidad congénita del corazón —repuso el médico, como si conociera perfectamente el tema—. Combinada con una oxidosis inflamatoria. Sin embargo, Alteza, como recordará, la última vez lo curamos mediante ejercicio sano en el bosque. Lo que el príncipe Florian necesita es una semana en la cabaña de caza.

—Pero la vez pasada partió con su padre y el barón Stelgratz ¡y ya sabe usted lo que sucedió entonces!

—¡Ah! La medicina ha avanzado prodigiosamente en los últimos cinco años —contestó el médico—. No tema, Alteza. Organizaremos una partida de caza para el pequeño príncipe y regresará rebosante de salud, tal y como hizo antaño.

Parecía no obstante que los cortesanos mostraban menos fe en los avances de la ciencia médica que el doctor, porque todos recordaban lo sucedido y ninguno de ellos deseaba arriesgarse en un viaje a través del bosque, aunque se tratara de salvar al príncipe Florian. Uno padecía gota, otro tenía una cita urgente en Venecia, otro debía visitar a su anciana abuela en Berlín, y así sucesivamente. Era del todo imposible que el propio médico lo acompañara; su presencia en el palacio resultaba necesaria en cualquier momento para atender una emergencia. Por otra parte, la princesa Mariposa tampoco podía ir, porque el aire del invierno le sentaba fatal.

Finalmente, puesto que no había nadie disponible, llamaron a uno de los mozos y le ofrecieron diez monedas de plata para que acompañara al príncipe Florian a la cabaña de caza.

—¿Por adelantado? —preguntó el hombre, quien conocía la historia de lo sucedido la vez anterior y quiso asegurarse de que cobraría si algo salía mal.

De manera que le entregaron el dinero por adelantado; el mozo arropó al príncipe Florian en el trineo y enganchó los caballos. La princesa Mariposa saludó con la mano desde la ventana mientras su hijo y el mozo se alejaban.

Cuando se hubieron adentrado en el bosque, el mozo pensó: No creo que este chico dure más de un día; tiene muy mal aspecto. Si regreso y les digo que ha muerto, me castigarán sin duda. Por otra parte, con diez monedas de plata y este trineo puedo cruzar la frontera y empezar un negocio por mi cuenta. Comprar una pequeña posada, tal vez buscar esposa y tener hijos. Sí, eso es lo que haré. Nada puede salvar a esta criatura; en realidad le estoy haciendo un favor; es un acto de clemencia, ni más ni menos.

Así que detuvo el trineo en una encrucijada y sacó al príncipe Florian.

—¡Vamos! —dijo el mozo— continúa tu camino, de ahora en adelante estás solo, yo no puedo ocuparme más de ti. Echa a andar con rapidez. Estira tus piernas. ¡Andando!

Y el mozo se alejó.

El príncipe Florian, obediente, empezó a caminar. Sus piernas estaban muy rígidas y la carretera estaba cubierta de una espesa capa de nieve. A pesar de ello, siguió andando hasta doblar un recodo y entonces divisó un pequeño pueblo silencioso a la luz de la luna; la campana de la torre de la iglesia tocaba la medianoche.

Una luz brillaba en la ventana de una posada y un viejo gato negro miraba desde la sombra. El príncipe Florian avanzó a trompicones hasta la puerta y la abrió. Incapaz de hablar, empezó a entonar educadamente la única canción que le quedaba.

TERCERA PARTE

El caballero Alma de Hierro se detuvo en el acto, con un zumbido y un clic. Su espada se encontraba a pocos centímetros de la garganta de Gretl. La canción del príncipe sonó dulcemente en la sala.

Gretl los miraba a ambos fijamente: con horror al caballero Alma de Hierro y su espada; maravillada, al príncipe.

—¿De dónde has salido? —preguntó la jovencita—. ¿Acaso eres el pequeño príncipe de la historia? Creo que sí lo eres. Pero ¡qué frío estás! ¿Y quién es éste? ¡Qué afilada está su espada! No me gusta nada. ¡Ay! ¿Qué debo hacer? Supongo que debo hacer algo, pero ¡no sé qué!

No había nadie que pudiera ayudarla. Estaba a solas con las dos pequeñas figuras: una llena de maldad; la otra, pura dulzura. Gretl acarició suavemente la mejilla del príncipe; al tacto estaba fría, aunque, por un momento, su gesto despertó algo en su maquinaria, pues volvió los ojos hacia ella y sonrió.

—¡Oh, pobrecito! —exclamó.

Él abrió los labios y entonó un par de notas.

—Sé lo que ocurre —dijo Gretl—. No estás bien. Este pequeño caballero no me gusta ni poco ni mucho, y no quiero dejarte aquí con él, pero ya sé yo quién tiene la culpa de todo esto. Es Fritz quien ha inventado la historia. Tal vez pudiéramos averiguar cómo acababa.

Dirigió su mirada hacia la estufa en la que Fritz había arrojado las hojas de papel que contenían su historia escrita. La niña se figuraba que el fuego las habría destruido por completo pero, en un rincón oscuro del suelo, aún quedaba una hoja arrugada sin quemar.

La recogió y la alisó. Era precisamente la página que Fritz estaba leyendo cuando entró el forastero. El texto escrito decía:

*Era muy alto y delgado, con la nariz
y la mandíbula prominentes. Sus ojos
brillaban como ascuas en la oscuridad.
Tenía el pelo largo y gris y vestía una capa
negra con una amplia capucha, como las
que llevan los monjes.* Su voz era áspera
*y la expresión de su rostro era
de fiera curiosidad.
Y ése era el hombre que…*

No había nada más. La historia se detenía en este punto.

—¡Ése fue exactamente el momento en que él entró! —musitó Gretl para sí. Debajo del párrafo, había garabateadas unas cuantas palabras más y, acercando el papel a los ojos, logró descifrarlas.

*¡Ay, esto es imposible! ¿Cómo voy a
escribir un final para esta historia? Tendré
que inventármelo cuando llegue el momento
y espero hacerlo bien. Si se me ocurre
algo bueno, soy capaz de entregar
mi alma al diablo.
¡Le regalo mi alma al diablo!*

Gretl, con los ojos desorbitados, se mordió el labio horrorizada. ¡Las personas no deberían decir semejantes cosas!

—Bien —murmuró en voz baja— él lo ha empezado y pienso obligarle a terminarlo. Si realmente eres el príncipe Florian, quédate aquí sentado y caliéntate, y yo iré en busca de Fritz. Él es el único que puede solucionarlo.

Se puso la capa y salió en dirección a la casa donde Fritz, el novelista, se alojaba.

Mientras tanto, Karl había preparado el lugar que tenía reservado para su obra maestra en la maquinaria del gran reloj. Enfebrecido por la excitación, bajó a toda prisa las escaleras de la torre del reloj, cruzó la plaza y se dirigió a la posada. El viejo gato Putzi aún estaba fuera, sentado en el alféizar, contemplándolo todo mientras se lamía las patas y se limpiaba las orejas. Fuera hacía frío y se preguntaba si no sería el momento de entrar para echar una siestecita junto a la estufa.

Sin embargo, Karl no se percató de su

presencia. Tenía otras cosas en la cabeza y no estaba para gatos. Entró sin hacer ruido y cerró la puerta. Se detuvo alarmado al ver que la lona estaba tirada a un lado y el caballero Alma de Hierro, con la espada en alto, se erguía en el otro extremo de la habitación.

El corazón de Karl dio un vuelco. ¿Acaso había venido alguien y molestado al pequeño caballero? No había ningún muerto, pero ¿por qué se había movido la figura? Karl miró a su alrededor y divisó entonces al pequeño príncipe, quien lo observaba correctamente sentado en su silla. Al aprendiz de relojero se le puso la piel de gallina.

Karl abrió la boca para hablar y en ese momento se percató de que el niño en realidad no estaba vivo. ¡Era otra figura mecánica como el caballero Alma de Hierro! Y, por su aspecto, mucho más delicada. Se acercó para examinarla detenidamente. El cabello estaba hecho con los hilos de oro más finos que jamás había visto; el fulgor de las mejillas de plata recordaba el ala de una mariposa; los ojos eran piedras preciosas de color azul brillante que, por la forma en que lo miraban, ¡casi parecían tener vida!

Sólo el doctor Kalmenius podía haber creado esta maravilla. Seguramente la había traído para Karl. ¿Qué movimientos realizaba la figura?

Karl alargó el brazo y tomó la mano del príncipe de su regazo. Mostrando un atisbo de energía, el príncipe Florian estrechó la mano de Karl y entonó un compás de la melodía. A Karl se le pusieron los pelos de punta, pues se le acababa de ocurrir una idea. ¿Por qué no colocar esta figura en el reloj, en vez del caballero Alma de Hierro? Su acabado era mucho más perfecto, y un hermoso niño que cantase una bonita canción tendría mejor acogida entre el público que un caballero sin rostro que no hacía otra cosa que amenazar a las personas con una espada.

Además, de este modo podría conservar al caballero Alma de Hierro.

Y entonces... ¡Oh! la cabeza le daba vueltas. Podría viajar por todo el mundo. Se haría famoso exhibiéndolo y ofreciendo exhibiciones.

Se sintió bastante aturdido mientras imaginaba distintas formas de usar al caballero de metal. Podría robar oro y acumular tesoros prohibidos si tenía un cómplice secreto; alguien como el caballero Alma de Hierro, siempre dispuesto a matar y que nunca lo delataría. Sólo tenía que engañar a su pretendida víctima para que pronunciase la palabra «demonio» delante del caballero Alma de Hierro y esperar a que éste actuase. Karl, por su parte, podría estar en cualquier otro lugar, jugando a cartas con una docena de testigos, o incluso en la iglesia, rodeado de fieles. ¡Nadie lo sabría nunca!

Se entusiasmó de tal forma que perdió por completo la noción del bien y del mal. Todas las influencias buenas que había recibido de la iglesia, de sus padres y hermanos, y de Herr Ringelmann, desaparecieron en la oscuridad; Karl no veía más que la riqueza y el poder que serían suyos si utilizaba al caballero Alma de Hierro de esa manera.

Antes de que pudiera cambiar de opinión, cubrió el caballero con la lona y, tomando bajo el brazo a la figura cada vez más tiesa del príncipe Florian, se dirigió hacia la torre del reloj.

Mientras tanto, Gretl avanzaba penosamente por la nieve en dirección a la casa donde se alojaba Fritz. Desde el extremo de la calle observó que todas las ventanas, excepto una, estaban a oscuras; era el ático donde Fritz trabajaba por la noche. Tuvo que llamar media docena de veces hasta que la patrona, de mala gana, le abrió la puerta.

—¿Quién es? ¿Qué desea a estas horas de la noche? ¡Oh! Eres tú, niña. ¿Qué demonios buscas?

—¡Debo hablar con Herr Fritz! ¡Es muy importante!

Frunciendo el ceño y murmurando entre dientes, la vieja mujer se apartó a un lado.

—Sí, me he enterado de todo lo que ha sucedido en la posada. ¡Inventando historias malvadas! ¡Asustando a la gente! Me alegraré cuando se marche. En realidad, creo que le echaré yo misma. Sube las escaleras, niña, y continúa subiendo hasta el final. No, no puedo darte una vela, ésta es la única que tengo y la necesito para mí. Tú tienes buena vista; esfuérzate.

Gretl subió los cuatro tramos de escalera hasta el ático de la casa; a medida que ascendía, la oscuridad era más profunda y el pasadizo se estrechaba. Por fin alcanzó un minúsculo rellano; debajo de una puerta brillaba una raya de luz. Llamó y una voz nerviosa contestó:

—¿Quién es? ¿Qué desea?

—¡Soy Gretl, Herr Fritz! ¡De la posada! ¡Tengo que hablar con usted!

—Entra pues, si es que vienes sola...

Gretl abrió la puerta. Allí estaba Fritz, de pie bajo una lámpara humeante, tratando de introducir un montón de papeles en una bolsa de cuero, repleta ya de ropa, libros y enseres personales. En la mesa cercana había una copa de aguardiente de ciruela. Por su aspecto, parecía que ya había bebido bastante; sus ojos mostraban una expresión salvaje, tenía las mejillas arreboladas y los cabellos en desorden.

—¿De qué se trata? —preguntó—. ¿Qué es lo que quieres?

—Esta historia que nos ha contado —empezó a decir Gretl, pero tuvo que interrumpirse, pues el joven se había tapado los oídos con las manos y sacudía con violencia la cabeza.

—¡No hables de eso! ¡Ojalá no la hubiese empezado jamás! ¡Desearía no haber contado una historia en toda mi vida!

—¡Debe escucharme! —repuso la niña—. ¡Algo terrible va a suceder y no sé qué es, porque usted no terminó de escribir la historia!

—¿Cómo sabes que no la terminé?

Gretl le mostró la hoja de papel que había encontrado. Él dejó escapar un gemido y se tapó el rostro con las manos.

—Gemir no sirve de nada —dijo ella—. Tiene que terminar la historia correctamente. ¿Qué ocurre a continuación?

—¡No lo sé! —exclamó—. Soñé la primera parte y era tan extraña y horrible que no pude resistir la tentación de escribirla y fingir que la había inventado yo... Sin embargo, ¡no he sido capaz de imaginar la continuación!

FRITZ ES ASÍ: INÚTIL, COMO PUEDES VER. BASTANTE IRRESPONSABLE. POR OTRA PARTE, FRITZ SÓLO JUGABA A SER UN CUENTISTA. SI FUERA UN AUTÉNTICO ARTESANO COMO LO ES UN RELOJERO, SABRÍA QUE TODAS LAS ACCIONES TIENEN SUS CONSECUENCIAS. TODO TIC TIENE SU TAC. CADA ÉRASE UNA VEZ DEBE CONTINUAR CON UNA HISTORIA, PORQUE DE LO CONTRARIO, ALGO DISTINTO OCURRIRÁ Y QUIZÁ NO RESULTE TAN INOFENSIVO COMO UN CUENTO.

—¿Y qué pensaba hacer cuando llegara a ese punto?

—¡Inventármelo, por supuesto! —contestó él—. Ya lo he hecho en otras ocasiones. Lo hago con frecuencia. Verás, me gusta el riesgo. Empiezo a contar una historia sin saber cómo terminará e invento el final cuando llega el momento. A veces resulta incluso mejor que si la escribo primero. Estaba seguro de poder hacerlo con ésta. Pero, cuando se abrió la puerta y entró aquel viejo, debí de sentir pánico... ¡Ay, desearía no haber empezado jamás! ¡Nunca más contaré una historia!

—Debe explicar el final de ésta —insistió Gretl— de lo contrario algo malo sucederá. Tiene que hacerlo.

—¡No puedo!

—Debe hacerlo.

—¡No podría!

—Tiene que hacerlo.

—Imposible —dijo él—. Ya no puedo controlarla. Le di cuerda y la puse en marcha y ahora tendrá que terminar por su cuenta. Me lavo las manos. ¡Me marcho!

—¡No puede hacer eso! ¿Adónde va?

—¡A cualquier parte! Berlín, Viena, Praga... ¡tan lejos como pueda!

Se sirvió otra copa de aguardiente de ciruela y lo apuró de un solo trago.

Gretl suspiró y dio media vuelta para marcharse.

En el mismo momento en que ella bajaba a tientas las oscuras escaleras de la casa de huéspedes de Fritz, Karl regresaba a la posada. Había llevado el pequeño Florian a la torre del reloj y lo había sujetado a la estructura, haciendo caso omiso de las inútiles protestas del príncipe, quien imploraba piedad con sus melodías. Cuando amaneciese, allí estaría la figura, la obra maestra de Karl, expuesta a la vista de todos como era de esperar. Karl recibiría las felicitaciones del público, Herr Ringelmann le daría su certificado de competencia e ingresaría en la lista de maestros relojeros. Luego podría abandonar la ciudad y recorrer el mundo con el caballero Alma de Hierro. ¡El poder y la fortuna lo esperaban!

Cuando abrió la puerta de la posada, con la intención de llevarse el pequeño caballero y esconderlo en su habitación, sintió un escalofrío de miedo. Se detuvo asustado en el umbral, sin atreverse a entrar. En esta ocasión tampoco se percató de la presencia del gato Putzi, el cual brincó desde el alféizar cuando se abrió la puerta. No hay motivo para ser supersticiosos con los gatos, aunque son nuestros compañeros y no deberíamos pasar por su lado como si no existieran. Si Karl hubiese sido educado, le habría ofrecido sus nudillos para que el viejo gato se frotase la cabeza, pero Karl estaba demasiado nervioso para ser cortés. De manera que no vio al gato, que entró con paso indignado junto a él.

Finalmente, Karl se armó de valor y entró. ¡Qué silenciosa estaba la sala! ¡Y qué siniestra la pequeña figura que se ocultaba bajo la lona! Y la punta de la espada: ¡perversamente afilada! Tan afilada que podría haber rasgado ya la lona y destellar a la luz de la lámpara...

Algunos carbones se movieron en el interior de la estufa, proyectando un resplandor rojizo en

Esto traerá un disgusto, ya verás. Siempre vale la pena comportarse con educación, incluso con las criaturas brutas.

el suelo; Karl dio un brinco, nervioso. El calor le hizo pensar en las llamas del infierno y se secó el sudor que brotó en su frente.

En ese momento, el reloj de pared que había en el rincón empezó a zumbar y a resollar, preparándose para dar la hora. Karl se sobresaltó, como si lo hubieran descubierto asesinando a alguien y, con el corazón latiéndole desbocado, se apoyó débilmente contra la mesa.

—¡Ay, no puedo soportarlo! —dijo—. No he hecho nada malo, ¿no es cierto? Entonces, ¿por qué estoy tan nervioso? ¿De qué tengo miedo?

Al oír sus palabras, el viejo Putzi pensó que aquella persona quizá le daría un poco de leche si se lo pedía con amabilidad; así pues, el gato saltó sobre la mesa y se frotó contra el brazo de Karl.

Karl se volvió muerto de miedo y vio un gato negro que, según parecía, había aparecido de la nada. Naturalmente, eso ya fue demasiado para Karl. De un brinco se apartó de la mesa con una exclamación de horror.

YA ESTÁ. SE ACERCA LA DESGRACIA.

—¡Oh! ¿Qué demonios...?

En el acto se tapó la boca con las manos, como si intentara recuperar y tragarse la palabra que acababa de pronunciar. Pero ya era demasiado tarde. En el extremo de la sala, la figura de metal inició su movimiento. La lona cayó al suelo, el caballero Alma de Hierro alzó la espada en alto y, girando el casco de un lado para otro, divisó a Karl encogido de miedo.

—¡No! ¡No! Deténte... espera... la canción... déjame silbar la melodía...

Tenía los labios demasiado secos. Loco de inquietud, intentó humedecérselos. ¡Era inútil! No le salía ningún sonido. El pequeño caballero con la espada afilada avanzaba hacia él. Karl retrocedió trastabillando, mientras intentaba

NO HAY MANERA DE EVITARLO. SI PUDIERA, SALVARÍA AL INFELIZ, PERO SE LE HA DADO CUERDA A LA HISTORIA Y TODO DEBE SALIR A LA LUZ. ME TEMO QUE KARL SE MERECÍA ACABAR MAL. ERA PEREZOSO Y MALHUMORADO, AUNQUE LO PEOR ES QUE POSEÍA UN CORAZÓN MALVADO. EN REALIDAD HUBIERA UTILIZADO AL CABALLERO ALMA DE HIERRO PARA MATAR Y GANAR DINERO DE LA FORMA EN QUE SE IMAGINÓ. DE MANERA QUE CIERRA LOS OJOS Y PIENSA EN OTRA COSA POR UN MOMENTO; KARL ESTÁ TICTAQUEANDO SU ÚLTIMO TAC.

tararear, cantar y silbar, aunque de nada le sirvió, pues sólo conseguía gritar, tartamudear y sollozar. El pequeño caballero se acercaba cada vez más.

Cuando Gretl regresó a la posada, oyó que Putzi maullaba en el interior.

—¿Cómo has logrado entrar? Gato tonto —dijo, al abrir la puerta..

En el instante en que Gretl cruzaba el umbral, Putzi, sin esperar sus caricias, salió disparado hacia la plaza. Ella cerró la puerta y miró a su alrededor buscando al príncipe, pero no lo halló por ninguna parte. En cambio, contempló una horrorosa escena que le hizo temblar y estrechar las manos contra el pecho. En medio de la sala estaba el caballero Alma de Hierro; su casco brillaba con frialdad y tenía la espada inclinada hacia el suelo. La sostenía de esta manera porque la punta estaba en la garganta de Karl el aprendiz, quien estaba tieso y muerto junto a él.

Gretl estuvo en un tris de desmayarse, pero era una jovencita valiente y había vis-

EL TIEMPO SE ACABA, COMO LA ARENA EN EL RELOJ DE ARENA, QUE TAMBIÉN ES OTRO TIPO DE RELOJ. ¿CONSEGUIRÁ GRETL LLEGAR HASTA EL PRÍNCIPE A TIEMPO? AHORA ELLA ESTÁ EN EL TIEMPO: SE ENCUENTRA PRECISAMENTE EN EL INTERIOR DEL RELOJ, EN EL MISMO CORAZÓN DEL TIEMPO. LO LOGRARÁ.

to el objeto que Karl sostenía en la mano: era la pesada llave de hierro de la torre del reloj. Aunque la cabeza le daba vueltas, fue capaz de adivinar en parte lo que había sucedido y comprendió lo que Karl probablemente había hecho con el príncipe. Tomó la llave de su mano, salió corriendo de la posada, cruzó la plaza y se dirigió a la gran torre sumida en la oscuridad.

Giró la llave en la cerradura y, por segunda vez en aquella noche, empezó a subir escaleras; éstas, sin embargo, eran más empinadas que las de la casa de huéspedes de Fritz. Y también eran más oscuras. Había murciélagos revoloteando en el aire; el viento gemía a través de las bocas de las gigantescas campanas y sacudía lúgubremente las cuerdas.

Continuó subiendo hasta que alcanzó el campanario inferior, en el que se hallaba la parte más antigua y simple del mecanismo. En la oscuridad, buscó a tientas entre las enormes ruedas dentadas, las gruesas cuerdas, las rígidas figuras metálicas de san Wolfgang y el demonio, pero no encontró al príncipe; de manera que siguió subiendo.

Pasó la mano sobre el arcángel san Miguel, cuya armadura le recordó al caballero Alma de Hierro y, rápidamente, la retiró. Palpó el costado de una figura cubierta con una túnica pintada y exploró su rostro con los dedos hasta que, percatándose de que se trataba de la calavera de la Muerte, también retiró las manos.

Cuanto más alto subía, más ruido hacía el reloj: tictaqueaba, chasqueaba y crujía, zumbaba y retumbaba. Trepó sobre puntales y palancas, por encima de cadenas y ruedas dentadas y cuanto más avanzaba, más crecía en ella la sensación de que ella misma formaba parte del reloj; al mismo tiempo, atisbaba a través de la oscuridad, palpaba a su alrededor y aguzaba el oído al máximo.

Finalmente, trepando por una trampilla, llegó al campanario superior; la luz plateada de la luna brillaba sobre una tal cantidad de complicadas piezas mecánicas, que le resultó imposible descifrarlas. En ese preciso instante oyó una melodía. Era el príncipe que la llamaba.

Deslumbrada por la luz de la luna, Gretl

parpadeó y se frotó los ojos. Allí estaba el príncipe Florian, cantando como un ruiseñor en los últimos momentos de su vida mecánica.

—¡Oh, pobrecito, estás helado! Te ha sujetado con tanta fuerza que no puedo aflojar los tornillos. ¡Ay, qué malvado! Seguro que Karl pensaba abandonarte aquí y huir. ¿Qué te sucede, príncipe Florian? Creo que, si pudieras hablar, me lo dirías. Seguro que estás enfermo, ése debe de ser el problema. Necesitas calentarte. Te has enfriado demasiado, aunque no me sorprende, a la vista de lo que han hecho contigo. ¡No importa! Si no puedo bajarte, permaneceré aquí junto a ti. Ya verás, nos abrigaremos con mi capa. En cualquier caso, estaremos mejor aquí arriba. ¡Si supieras lo que ha estado sucediendo, no te lo creerías! Ahora no te lo explico, porque te quitaría el sueño. Ya te lo contaré mañana, te lo prometo. ¿Estás cómodo, príncipe Florian? No es necesario que hables si no quieres; basta con que hagas un gesto.

El príncipe Florian asintió con la cabeza. Gretl se envolvió con la capa y arropó al príncipe. Sosteniendo al niño en sus brazos, se durmió. Su último pensamiento fue: seguro que está entrando en calor, ¡lo noto!

Amaneció. En la ciudad, los habitantes y los visitantes se disponían a vestirse y desayunaban hambrientos, impacientes por contemplar la nueva figura en el famoso reloj.

Los tejados cubiertos de nieve destellaban y resplandecían en un cielo azul brillante; el aroma de café tostado y la fragancia de los bollos recién horneados impregnaba el aire de las calles. A medida que se acercaban las diez de la mañana, un extraño rumor se difundió por la ciudad: ¡el aprendiz de relojero había sido hallado muerto! ¡Peor todavía, asesinado!

La policía llamó a Herr Ringelmann para que identificara el cadáver. El viejo relojero contempló consternado a su aprendiz muerto.

—¡Pobre chico! ¡Era su día de fama! ¿Qué puede haber ocurrido? ¡Qué desastre! ¿Quién ha podido realizar esta atrocidad?

—¿Reconoce usted esta figura, Herr Ringelmann? —preguntó el sargento—. ¿Este caballero mecánico?

—No, no lo había visto nunca en mi vida. ¿Acaso es la sangre de Karl la que hay en su espada?

—Me temo que así es. ¿Lo cree usted capaz de haber fabricado esta figura?

—¡No, de ninguna manera! La figura que él realizó está en el reloj. Verá sargento, ésta es la tradición: era la última noche de su aprendizaje y se disponía a colocar su nueva figura en el reloj, tal como yo hice en mi momento. Karl era un buen chico; tal vez algo callado y taciturno, aunque un buen aprendiz; estoy convencido de que hizo lo que debía y, dentro de unos minutos, contemplaremos la aparición de su nueva figura. ¡Qué circunstancia tan triste, en vez de ser motivo de alegría! ¡Pobre muchacho, la nueva figura será su monumento fúnebre!

Aquella mañana, nada estaba sucediendo como era debido. El posadero estaba tremendamente inquieto porque Gretl había desaparecido. ¿Qué podía haberle ocurrido? La ciudad entera estaba conmocionada. Una multitud se había congregado a la entrada de la posada y observaba a la policía que transportaba el cuerpo de Karl en una camilla, cubierto con un pedazo de lona. No le prestaron atención por mucho tiempo, puesto que eran casi las diez y se acercaba el momento en que el mecanismo revelaría la nueva figura.

Todas las miradas se dirigieron hacia lo alto. Había mayor interés que en otras ocasiones, a causa de las extrañas circunstancias de la muerte de Karl. La plaza estaba tan abarrotada que no se veía el empedrado; la gente se apretujaba con gran estrechez y todos los rostros estaban vueltos hacia el cielo, como flores que buscaran el sol.

La hora empezó a sonar. El viejo reloj resollaba y zumbaba a medida que el mecanismo se ponía en movimiento. En primer lugar aparecieron las figuras conocidas, que se inclinaron, hicieron un gesto o simplemente giraron sobre los talones. Allí estaba san Wolfgang, derribando al demonio; el arcángel san Miguel, con su resplandeciente armadura; la figura que Herr Ringelmann había realizado muchos años atrás, al terminar su aprendizaje: un niño que le hacía un gesto de burla a la Muerte y giraba los dedos antes de perderse de la vista.

Entonces apareció la nueva figura.

No era una sola figura: eran dos criaturas dormidas, un niño y una niña. Parecían tan vivos y eran tan hermosos que costaba creer que se trataba de un mecanismo de cuerda.

La multitud lanzó un grito de asombro cuando las dos pequeñas figuras bostezaron y se desperezaron. En la resplandeciente luz de la mañana, los niños, agarrados el uno al otro por miedo a la altura, miraban hacia abajo y se reían y charlaban mientras señalaban los monumentos de la plaza.

—¡Una obra maestra! —exclamó uno.

—¡Las mejores figuras que jamás se han fabricado! —añadió otro.

Pronto se les unieron otras voces:

—¡La obra de un genio!

—¡Incomparable!

—¡Tan naturales, observe la manera en que nos hacen señales con las manos!

—¡Nunca había visto nada parecido!

Han salido de la noche y del pasado. Gretl le ha regalado su corazón a Florian y ambos miran hacia el futuro.

No obstante, Herr Ringelmann recelaba de algo y, protegiéndose los ojos con las manos, escudriñó con curiosidad. El posadero hizo lo mismo y, percatándose de quién era una de las figuras, lanzó un grito de alegría.

—¡Es mi Gretl! ¡Está viva! ¡Gretl, estáte quieta! ¡Vamos a subir y te bajaremos sana y salva! ¡No te muevas! ¡Estaremos ahí en un santiamén!

Poco después, las dos criaturas se hallaban fuera de peligro en el suelo. Dos niños, porque el príncipe había dejado de ser un reloj mecánico: era un chico tan real como cualquier otro y lo sería para siempre a partir de aquel momento. «El corazón que se ofrezca también debe cuidarse» era la frase que el doctor Kalmenius iba a añadir cuando el príncipe Otto le visitó por segunda vez; aunque, ¿no es cierto que el príncipe no le escuchó? Nadie podía adivinar de dónde procedía el niño y Florian no se acordaba. En aquel momento todos estuvieron de acuerdo en que se había perdido y que lo mejor que podían hacer era cuidar de él; y así lo hicieron.

En cuanto al caballero de metal y su espada manchada de sangre, Herr Ringelmann lo llevó a su taller para analizarlo detenidamente. Más tarde, cuando le preguntaron por él, se limitó a sacudir la cabeza.

—No puedo imaginar cómo alguien esperaba que funcionase —afirmó, sacudiendo la cabeza—. Está repleto de elementos dispersos que ni siquiera están conectados debidamente: muelles rotos, ruedas a las cuales les faltan dientes y engranajes oxidados. ¡No es más que un trasto inútil! Quiero creer que Karl no lo fabricó, tenía una mejor opinión de él. Bien, amigos, se trata de un misterio y probablemente jamás llegaremos al fondo de la cuestión.

Y así fue, nunca lo supieron porque la única persona capaz de explicarles la verdad era Fritz, quien se había asustado de tal forma que abandonó la ciudad antes de que amaneciera y nunca regresó. Huyó a otra parte de Alemania, decidido a no escribir más cuentos, hasta que descubrió que podía ganar grandes sumas de dinero redactando discursos para los políticos. En lo que respecta al doctor Kalmenius, ¿qué podemos decir? Era tan sólo un personaje en una historia.

Y aunque Gretl sabía más que nadie, no dijo una palabra. Había entregado su corazón al príncipe y también lo había conservado; ése era el motivo por el cual Florian dejó de ser un artefacto mecánico y se transformó en un chico de verdad. De manera que ambos vivieron felices; y así fue como todos terminaron.

DICCIONARIO DE SOFÍA
Otto A. Böhmer

De las cenizas de lo que creemos destruido o resuelto para siempre surgen las preguntas eternas. La Filosofía vuelve porque la apetencia de saber no se apaga. Este pequeño diccionario de Filosofía, comprensible y fácil de leer, contiene ciento treinta fichas de filósofos y corrientes filosóficas. El que se ha asomado a *El mundo de Sofía* de Jostein Gaarder y desea comprenderlo mejor aquí encontrará un texto útil para entenderlo. El que sólo ha mirado su interior y ha reconocido las mismas preguntas que se hace Sofía, porque son las preguntas eternas sobre el origen, el sentido y el destino humano, aquí tiene algunas de las respuestas aportadas por filósofos de todos los tiempos.

LUCES DEL NORTE
Philip Pullman

Lyra vive entre científicos en una gran mansión de Oxford. Aunque parece ingenua y despistada, pronto descubre uno de los secretos mejor guardados, el destino de lord Astriel, un enigmático explorador y hombre de ciencia. La niña, armada con un extraño artilugio que le permite conocer las intenciones de los enemigos, emprende una aventura que le lleva a los hielos árticos y a una ciudad mágica suspendida en el aire. Durante ese viaje logrará saber quiénes son sus padres. Una narración que combina acción, ciencia y magia para crear un mundo altamente imaginativo.

Tan fascinante como *Alicia en el País de las Maravillas* y *El Señor de los Anillos*.